A CARAVELA DE PAQUETÁ

Ladimir Luiz Marchioretto

Índice

Dedicatória

Dedico este livro, que escrevi poucos dias antes de uma enchente sem precedentes atingir o estado do Rio Grande do Sul em maio de 2024, às vítimas fatais e às milhares de famílias que perderam tudo ou quase tudo, nas quais eu me incluo.

A praia de Paquetá, ponto de partida para esta história, foi um dos tantos locais afetados.

Aos poucos, contudo, e com o esforço de cada um, a vida vai retomando o curso normal.

Aventura com aprendizado

Além da aventura vivida pelo aluno criativo, a história aborda temas como o amor pelos animais, o gosto pelos estudos e pela leitura, meio ambiente e reciclagem. O leitor encontrará dados sobre Cabral e as suas naus, Galileu Galilei e as luas de Júpiter, o Sol, termos náuticos, etc.

Nesta viagem, Cássio passa por pontos turísticos como a Praia de Paquetá, em Canoas, a usina do Gasômetro e o Mercado Público de Porto Alegre, até chegar aos Molhes da Barra, na cidade de Rio Grande.

Sinopse

Cássio residia de frente para a praia de Paquetá desde que a família se mudou para Canoas. Certa noite, acordou com um barulho estranho vindo do rio dos Sinos, mas não viu nada de diferente ao olhar pela janela.

Na madrugada seguinte, os ruídos estavam acompanhados de clarões misteriosos. Saltando da cama rapidamente, o menino de 12 anos de idade notou que alguma coisa subia o rio. Porém, a lua e as estrelas encobertas por nuvens densas dificultavam a identificação.

Na volta da escola, ao se lembrar de Galileu Galilei, ele criou um telescópio com cartolina e lentes de óculos. Na mesma noite, deparou-se com uma caravela semelhante à que Cabral usou na descoberta do Brasil.

Sem que os pais percebessem, pulou a janela e se aproximou da praia. Quando estabeleceu contato com o capitão da caravela, Cássio ainda não imaginava as aventuras que viveria antes de amanhecer.

Glossário

<u>1</u> Ave carnívora de tamanho relativamente grande

<u>2</u> Nuvem interestelar composta por poeria e gases

<u>3</u> Núcleo galático ativo menor que o tamanho mínimo de uma galáxia

<u>4</u> Parte dianteira de uma embarcação

<u>5</u> Parte traseira de uma embarcação

<u>6</u> Antigas embarcações a vela com três mastros e muitas bocas de fogo

<u>7</u> Áreas de terra triangulares localizadas nas embocaduras dos rios

<u>8</u> Piso das embarcações, especialmente as que não são cobertas

<u>9</u> Peça de madeira vertical ou oblíqua onde são fixadas as velas de uma embarcação

<u>10</u> Ou quebramar, são muros construídos para diminuir o impacto das ondas

<u>11</u> Barra do leme de uma embarcação, ou o próprio leme

<u>12</u> Lado direito de uma embarcação quando vista da popa (frente)

<u>13</u> Lado esquerdo de uma embarcação quando vista da proa (trás)

<u>14</u> Na parte inferior, constitui-se na coluna vertebral de uma embarcação

<u>15</u> Pranchas que formam o esqueleto de uma embarcação

Cap. 1 – Mistérios

Cássio residia em frente à praia de Paquetá desde que a família se mudou para a cidade de Canoas. O rio dos Sinos e o Jacuí, que conseguia ver das janelas do quarto e da sala, eram os maiores e mais largos que ele conhecia. As ondas geralmente pequenas o intrigavam por causa do grande volume de água, mas quem não sabia nadar não se atreveria a molhar mais do que os pés e os tornozelos.

Entrar em um barco, então nem pensar. O pai convidou o filho diversas vezes para pescar nas imediações e até nas ilhas próximas, mas nunca conseguiu convencê-lo. Melhor ficar em terra firme, ainda que a aventura de fisgar peixes ao contemplar a praia sob ângulos inéditos pudesse ser prazerosa.

Não foi apenas a falta de um ventilador naquela noite quente de verão fez com que o menino acordasse com muito calor, mas também um barulho estranho vindo de fora da casa. Ao abrir a janela, as dobradiças que necessitavam urgentemente de óleo denunciaram os seus movimentos, ainda que sutis.

O barulho indistinguível de ferrugem se espalhou pelo quintal composto por canteiros de flores cultivadas pela mãe, além de árvores frutíferas nas quais os pássaros disputavam espaço com os gatos, que abanavam as caudas enquanto tentavam surpreendê-los.

A brisa que soprava os galhos e as folhas e que também agitava um pouco as águas turvas do rio dos Sinos certamente levaria para longe os pernilongos que surgiam nos finais de tarde. A cortina ajudava um pouco, mas não era uma barreira instransponível para aqueles insetos irritantes.

Cássio se debruçou na janela para apreciar a bela paisagem e a noite tranquila e tentou localizar uma coruja. Não era fácil avistar a ave de rapina[1], palavra muito citada nos documentários que passavam na TV, que tinha praticamente tudo o que precisava nas proximidades da árvore na qual piava sem revelar a localização. Insetos e roedores faziam parte do cardápio não muito exigente – até porque o estômago não poderia ficar vazio.

O olhar se perdeu na vastidão do rio onde Cássio jamais entrou, apesar de morar às suas margens há pouco mais de um ano. A falta de uma iluminação adequada não permitia ver muita coisa e o mesmo acontecia com as estrelas, cujo brilho era ofuscado por causa das nuvens.

Alguns dos livros da escola mencionavam viagens *ao centro da terra*, pelos mares e inclusive por rios como o que corria mansamente à sua frente. Entretanto, o leitor quase assíduo custou até se lembrar do título daquele onde um barco navegava pela baía norte de Florianópolis e que pegou emprestado na biblioteca *João Palma da Silva* logo que se mudou do interior para a cidade grande. A aventura vivida em *O último pirata de Floripa* era apenas uma das obras que o motivavam a entrar para o tão sonhado mundo da escrita.

Cássio sorriu ao imaginar que o rio que via todos os dias poderia conter os salmões que os ursos tanto adoravam, mas ficou um pouco triste em seguida. O filho pediu ao pai que comprasse aquele peixe de carne rosada e de sabor provavelmente ímpar em uma visita ao Mercado Público de Porto Alegre, mas o baixo salário não permitiu que provasse o alimento farto nas corredeiras geladas de certos países do hemisfério norte e, em outros, cultivados em cativeiro.

Perdendo o sono momentaneamente, quem não sabia que horas eram continuou olhando para fora, embora precisasse afastar dois pernilongos famintos que o rodeavam há algum tempo. Se um barco das histórias que leu passasse por lá, talvez nem fosse avistado naquela penumbra toda. Não demorou para que os insetos o obrigassem a fechar a janela, não apenas a cortina.

Cássio se deitou novamente e se cobriu com o lençol, quando teve a impressão de ouvir o mesmo ruído de antes. Não era a coruja caçando o jantar da madrugada, tampouco os gatos que subiam nos telhados do mesmo jeito que o herói de um antigo seriado de televisão que o avô assistia. Naqueles filmes ainda em preto e branco, um homem mascarado pulava no seu fiel cavalo, que sempre o aguardava pronto para novas aventuras.

Virado para o lado oposto, ele se voltou rapidamente para a janela, quando percebeu um clarão momentâneo. Não fosse a cortina, que começava a se agitar com mais intensidade por causa do aumento do vento, a luz enigmática poderia se refletir nas ripas da veneziana pintada com um verniz brilhante.

Com o coração batendo aceleradamente de um instante para o outro, Cássio não sabia se deveria se levantar e se aproximar da janela, ou se seria melhor pedir por socorro. Como o pai acordava sempre cedo para ir trabalhar, e a mãe preparava o café reforçado e a marmita que continha o seu almoço, melhor não atrapalhar por enquanto.

A mesma luz de antes cintilou lá fora novamente, o que fez com que o menino nem sempre corajoso se levantasse. Sem tempo para calçar os chinelos, que o aguardavam em cima do tapete disposto ao lado da cama, ele se aproximou novamente da janela. Fazendo silêncio para não ser notado, o intuito era também não permitir que quem quer que estivesse nas redondezas o visse.

Poderia ser um carro passando nas proximidades da casa de dois andares cujo térreo era formado por um porão que serviu de garagem apenas para os antigos proprietários. Como a família não possuía um automóvel, o local era utilizado para guardar um barco a remo e duas bicicletas, assim como alguns móveis vindos da antiga residência que não couberam na nova. Contudo, a falta do ronco do motor e o barulho dos pneus rodando pela *estrada da Prainha*, coberta por cascalho solto, fizeram com que a hipótese fosse descartada.

Cássio só puxou toda a cortina para o lado depois que o terceiro lampejo iluminou boa parte do pátio e das árvores. Caso a janela estivesse aberta, a luz intrigante poderia até mesmo ajudá-lo a finalmente localizar a coruja, que piava bem mais alto naquele momento. Após espionar através da veneziana, ele a abriu devagar e com cautela. No entanto, não havia nada de anormal até onde os olhos vigilantes conseguiam observar, assim como nenhum veículo transitando por perto.

Agora as nuvens encobriam todo o céu, impossibilitando-o, inclusive, de ver as poucas estrelas que reluziam minutos atrás. Apesar de não parecer que choveria, ao menos na análise de quem era leigo na previsão do tempo, aquelas formações de gotículas de água pairavam por toda a região.

O menino esfregou os olhos para tentar ver melhor, mas talvez só uma luneta ou um telescópio – alguns dos vários objetos que aguçavam a sua imaginação desde pequeno, poderiam auxiliá-lo. Ainda assim, uma mancha escura parecia boiar nas águas serenas do rio dos Sinos e se deslocar, coincidentemente, em direção à região onde o pai, a mãe e o filho nasceram.

Cássio teve receio de que fosse um dos tantos barcos piratas dos livros e dos filmes, muitos dos quais certamente eram amedrontadores. Poderia ser grande a possibilidade de os corsários maltrapilhos e possivelmente malfeitores desejarem se apropriar de bens de valor das casas em volta, ou apenas promoverem uma anarquia.

No entanto, o objeto irreconhecível estava bem longe e não era provido de luz própria – ou navegava sem iluminação exatamente para ocultar os objetivos. Como não fazia mais barulho, poderia não passar de uma ilusão, ou ser a vegetação da margem oposta refletindo na água. A última possibilidade formulada pelo cérebro sempre em atividade foi se tratar de um barco à deriva, ainda que avançasse contra a maré.

Sem esperanças de descobrir o que estava acontecendo, Cássio fechou a janela com cuidado e retornou à sua cama. Ainda que os clarões misteriosos não tivessem se repetido, o que poderia significar que era mesmo uma embarcação camuflada, os pensamentos controversos talvez o impedissem de dormir até de manhã cedo – e era necessário se levantar antes das sete horas para tomar café e ir à escola.

Se o piso fosse de cerâmica, como era na casa na qual nasceu, ele iria até a sala para buscar o único livro cuja história se desenrolava em um rio. Contudo, qualquer barulho delataria a sua presença, e a possibilidade de ser reprimido por parte de quem saltava da cama bem antes das seis horas era grande.

Muitos bocejos aconteceram na penumbra até que o sono e o cansaço finalmente vencessem a vontade quase irrefreável de sair e tentar elucidar aquele enigma. Porém, o seu cão de estimação perceberia e seria o primeiro a delatá-lo. Apesar de inofensivo, Toby latia para todas as pessoas, inclusive para os três moradores da casa.

O animal resgatado com fome e sede em uma rua de Canoas depois de ter sido abandonado possivelmente por quem estava indo viajar de férias gostava de todo mundo e parecia agradecer pelo carinho recebido da família que o acolheu com pulos de quase meio metro de altura e uma infinidade de lambidas, isso sem mencionar a cauda, que não parava nunca.

Outra coisa que o deixava bastante agitado era um bom prato de comida, mas o que o fazia se derreter eram os raros bifinhos que ganhava quando os seus *humanos* iam ao supermercado. Naqueles dias, e até que não esvaziasse o saquinho que continha menos de dez unidades – quantidade insuficiente para quem parecia ter um enorme buraco no estômago, a festa era completa. De tão esperto, ele sabia até onde eram guardados – ou *escondidos*.

Cássio ficava triste ao imaginar que certas pessoas consideravam descartáveis aqueles bichinhos queridos e dóceis. Quem se transformou no quarto integrante da família era um pouco velho, tinha o nariz e os pelos esbranquiçados, mas nunca poderia ter sido largado onde nem mesmo havia casas por perto.

Cap. 2 – Ilusão ou realidade?

Dona Valquíria precisou bater à porta do quarto diversas vezes até acordar o filho. Ele se levantava geralmente sozinho, ainda que os cachorros da vizinhança, além das muitas variedades de pássaros, geralmente funcionassem como um despertador natural. Naquela manhã, entretanto, foi bem diferente.

Cássio se espreguiçou bastante antes de sair da cama, uma vez que ficou acordado por aproximadamente duas horas durante a madrugada. A primeira coisa que fez foi abrir a janela do quarto e olhar para o rio, mas estava igual a sempre. O que quer que tivesse acontecido quando ainda era escuro não se manifestava naquele momento, fazendo parecer que era apenas fruto de uma imaginação fértil. Sem ter o que fazer, e para não chegar atrasado à aula, ele pegou a mochila e saiu do quarto. Antes, virou-se para a janela mais uma vez e suspirou profundamente por causa do mistério não desvendado.

O aluno que sempre tirava notas boas chegou à escola algum tempo depois, mas evitou mencionar o fato aos dois colegas com quem mais conversava no intervalo. Como os meninos que tinham a mesma idade poderiam até zombar ao ficarem sabendo o que ocorreu quando estavam dormindo, melhor manter tudo em segredo. Porém, os clarões não saíam da cabeça de quem precisou bocejar bastante por não conseguir dormir durante toda a noite. Ao menos ele não era o único a ter aqueles movimentos repetitivos, mas, por serem contagiantes, não significava que a colega que sentava ao lado ficou acordada por bastante tempo.

Cássio se despediu dos poucos amigos que conseguiu fazer, então tomou o ônibus que o levava diariamente da beira da praia de Paquetá à escola pela manhã e, pouco antes do meio-dia, no sentido contrário. No curto trajeto, viu dois vizinhos andando de bicicleta na calçada que dividia ao meio a *Avenida das Canoas*, além de alguns coletores de lixo reciclável.

Ele se lembrou da dificuldade em fazer o pai adotar uma das práticas que ainda poderiam salvar o planeta, evitando mais poluição do meio ambiente e, como consequência, o aquecimento global. Talvez o trabalho cansativo de Jaime não permitisse pensar adequadamente a respeito, ainda que a falta de iniciativa não fosse justificável.

A natureza clamava por ações imediatas, dava sinais evidentes de extrema exaustão e exigia o esforço conjunto não apenas dos órgãos governamentais, mas de todas as pessoas. Se as garrafas PET não fossem deliberadamente jogadas no chão, por exemplo, não entupiriam os bueiros, o que evitaria muitas enchentes e outros problemas. E o que dizer dos plásticos em geral, responsáveis pela morte de tantos animais marinhos por serem confundidos com comida?

A mãe, felizmente, não era tão relutante às mudanças imprescindíveis e não demorou para ser convencida pelo filho. Valquíria já acondicionava os materiais recicláveis em sacolas separadas há três ou quatro anos, nunca sem antes lavar cuidadosamente todas as embalagens para evitar o mau cheiro, a proliferação de insetos e bactérias e até o desconforto de quem as manuseia nos centros de reciclagem. Para facilitar, um papel grudado na porta da geladeira indicava os dias e horários que o caminhão da coleta seletiva passava pela rua.

O ônibus deixou o estudante da sétima série praticamente em frente à casa que tinha uma garagem, mas não um automóvel no seu interior, desejo comum aos três integrantes da família. Porém, a curiosidade e inclusive o desejo de descobrir o que aconteceu à noite – se é que havia mesmo ocorrido alguma coisa, levou-o em direção à correnteza mansa do rio.

Alguns homens provavelmente em férias, ou talvez trabalhassem em outros turnos, conversavam animadamente enquanto pescavam – ou tentavam fisgar algum peixe naquela calmaria toda. A árvore sob a qual estavam proporcionava uma sombra generosa, ainda que as cabeças estivessem protegidas do sol forte, duas por bonés, as outras por chapéus de palha semelhantes aos que estavam pendurados em pregos na entrada dos fundos da casa de quem os observava em silêncio.

Apesar da fome, Cássio andou até a curva que levava de volta ao centro da cidade e se sentou em um dos tubos de concreto colocados provavelmente para evitar que motoristas desatentos, ou os que dirigiam em alta velocidade, caíssem na água.

Havia diversos barcos de pescadores nas proximidades, mas não era possível contemplá-los na totalidade por causa da vegetação que circundava a margem, assim como a placa com os dizeres *Praia de Paquetá*. Brancas ou pintadas com cores claras, nenhuma daquelas embarcações deveria ser a que talvez tivesse sido avistada na madrugada anterior, já que poderiam ser percebidas mesmo com pouca luminosidade.

Enquanto dois cachorros andavam sem olhar para quem estava distraído – ou compenetrado nos seus pensamentos distantes, um ônibus passou pelo local levantando poeira e jogando pedras soltas em direção aos animais que talvez não tivessem dono e dependessem da própria sorte para conseguirem comida, além de precisarem saciar a sede diretamente no rio.

Exatamente o contrário acontecia com Toby. Além de dispor de uma cama confortável, apesar de ter sido costurada por Valquíria algumas vezes, tinha sempre o que comer, ganhava muito carinho e, a cada dois ou três meses, era agraciado com os tão desejados bifinhos – tiras retangulares que exalavam um cheiro agradável, mas que ninguém se atreveria a provar para saber se eram tão deliciosas como aparentavam.

Desistindo de procurar pelo que poderia até não existir, Cássio saltou do tubo e o barulho afugentou os cachorros que, naquele momento, apreciavam encantados a paisagem da praia de água doce. Percebendo que não corriam perigo, ambos retornaram ao local de antes, então se deitaram sobre a grama rala para provavelmente cochilarem outra vez. Afinal, aquele era o seu trabalho preferido. Era hora de voltar para casa para guardar os livros e os cadernos, almoçar, brincar um pouco com quem o aguardava sempre abanando a cauda e, mais tarde, andar de bicicleta pelas redondezas.

Assim que se afastou um pouco dos diversos tubos espalhados pela curva da *estrada da Prainha*, o menino olhou novamente para o rio dos Sinos. A curva distante aproximadamente quinhentos metros dava a impressão de dividir a terra e formar uma ilha, que começaria bem perto da sua casa. No entanto, até aquilo poderia ser considerado uma ilusão de ótica, já que a *porção de terra cercada de água por todos os lados*, termo ouvido em sala de aula, não podia ser vista de lá.

O vira-lata que teve uma segunda oportunidade de receber comida, casa e atenção – já que os antigos *humanos* o abandonaram por razões *desumanas*, pressentiu a aproximação de Cássio quando ainda não conseguia vê-lo e nem ouvir os passos que espalhavam um pouco de pedras pela rua. Como sempre, a cauda agitada indicava que algo bom estava por acontecer.

– Como vai, bebê? – o aluno que ainda levava a mochila escolar às costas perguntou sorrindo assim que viu o animalzinho saltar tão alto que quase superava a cerca de madeira. – Tudo bem contigo?

A resposta de Toby não poderia ser mais convincente, uma vez que demonstrava toda a felicidade por rever quem se despediu de manhã cedo com um afago na cabeça coberta por pelos marrons bem curtos. As orelhas grandes se moviam para cima e para baixo à medida que saltava, e os latidos em bom nível sonoro indicavam que o recém-chegado era bem-vindo de volta ao lar.

O cão que não tinha uma raça definida subiu rapidamente os degraus que levavam ao andar superior da casa, mas parou diante da porta da cozinha por saber que não deveria entrar – apesar de toda a vontade de acompanhar o seu *humano* até o quarto, quando possivelmente se atiraria em cima da cama macia e aconchegante e dormiria pelo restante da tarde.

– Tá na hora do almoço, filho – a mãe avisou depois de receber um sorriso e um beijo no rosto. – Por que essa demora toda? O ônibus atrasou?

– Não, mãe. Eu parei um pouco para olhar o rio.

A meia-verdade não poderia ser complementada com a parte mais importante, não ao menos até esclarecer o que aconteceu de madrugada. Sem nunca mentir para os pais, Cássio precisaria omitir os fatos momentaneamente. Ele retornou do quarto e se sentou na cadeira de sempre, já que todos pareciam ter lugares reservados à mesa.

– E então, querido, como foi a aula?

– Tudo bem, mãe – o filho respondeu enquanto avançava no prato de comida já servido. – O Toby já almoçou?

– Já, sim, não precisa se preocupar.

– Mas *bah*! Pela cara, parece que ele não come nada há muito tempo!

– Ele tá sempre com fome – a mãe falou sorrindo enquanto olhava para o bichinho animado e que mantinha a língua para fora.

O menino de doze anos ainda olhou para quem, sentado no tapete, parecia estar muito faminto, então atirou um pedacinho de carne. O vira-lata habilidoso abocanhou o petisco sem deixar cair no chão, porém, não impediu que a mulher virada de costas percebesse. Contudo, ela continuou lavando a louça como se nada tivesse acontecido.

Depois de almoçar, e nisso o estômago de Toby estava incluído, Cássio colocou o prato, o copo e os talheres em cima da pia, escovou os dentes e voltou a se sentar à mesa da cozinha para fazer os deveres de casa. Sempre com boas notas, o aluno se empenharia ao máximo para manter o *status* adquirido na antiga escola.

O seu animal de estimação já estava dormindo naquele momento, ou literalmente roncando, ainda sobre o tapete de entrada da cozinha. No entanto, saltaria ao primeiro barulho, apesar de talvez não servir de cão de guarda por ser dócil demais. Em determinadas circunstâncias, ao menos, ele fingia bem...

A mochila retornou à mesinha que ficava entre a cama e a janela por onde Cássio já não sabia se viu mesmo algo na madrugada anterior – fato que ainda provocava alguns bocejos por causa da privação de uma parte importante do sono. Apesar disso, ele passou correndo pela cozinha, o que despertou Toby do cochilo, saltou a maioria dos degraus e pegou a bicicleta.

– Tchau, mãe! – o filho gritou ao entrar na garagem. – Vou dar umas voltas por aí.

– Tá bem, filho. Te cuida.

Sem ouvir uma das tantas recomendações sempre que saía de casa, e que às vezes mencionavam guarda-chuvas ou agasalhos, o menino precisou *se livrar* do cãozinho ao chegar ao portão. Sem entender muita coisa, o animal de cabeça marrom e com pelos pretos às costas tentou em vão acompanhá-lo em mais uma jornada certamente emocionante.

Uivando como se fosse um lobo, ou talvez um *cão-vampiro*, Toby saltitava de um lado da cerca enquanto o seu *humano* preferido desaparecia entre a vegetação que circundava a rua e a poeira erguida pelos pneus da bicicleta. Observando os outros cachorros, quem às vezes imaginava estar condenado à prisão perpétua não conseguia entender por que os seus semelhantes – ainda que de espécies, tamanhos e cores diferentes, gozavam de toda aquela liberdade.

Ele não tinha nem mesmo permissão para caminhar sem coleira fora do pátio. No entanto, era comumente levado para passear pela margem do rio, quando se sentia quase um rei, especialmente por receber muito amor e ser possivelmente o único do bairro que comia aqueles bifinhos saborosos.

Já bem longe, e sem ouvir os lamentos de quem estava um pouco triste por ficar sozinho, Cássio se aproximou novamente da curva que levava ao centro de Canoas. Ele continuava intrigado com os fatos da noite anterior, embora acreditasse cada vez menos no que os próprios olhos viram – ou talvez nem tivessem visto.

Sem outra alternativa, o ciclista pedalou incansavelmente por quase uma hora e passou por crianças com a mesma idade sem, contudo, parar para conversar. Ele ainda não havia feito nenhuma amizade mais concreta nas redondezas, embora nem pudesse considerar amigos os dois colegas de aula mais chegados.

Depois de retornar para casa, mas não sem parar para brincar com quem o aguardava ansiosamente – sempre abanando a cauda e pulando, Cássio foi até o quarto. Debruçado sobre a janela, a única coisa na qual pensava era o barco misterioso que provocou sons ainda incompreensíveis. No entanto, não havia nenhuma prova real, nem motivos para que navegasse sem nenhuma luz visível em uma noite tão escura.

Cap. 3 – Criatividade

Um dos pescadores avistados no retorno da escola, e que quase não dava para ver por causa das diversas árvores que ficavam no caminho, finalmente fisgou alguma coisa. Pela algazarra promovida pelo homem de aproximadamente cinquenta anos de idade, deveria ser a primeira vez. Pelo visto, não era apenas o mar que *não estava para peixe.*

Cássio desistiu de olhar para a curva do rio depois de um tempo indeterminado, quando veio à mente uma pesquisa que fez sobre *Galileu Galilei* na biblioteca municipal de Canoas. Ele poderia fazer uma experiência usando os antigos óculos do pai, vistos por acaso ao procurar pela bomba de encher os pneus da bicicleta.

Embora duvidasse que funcionaria de forma satisfatória, o menino sempre criativo mais uma vez desceu correndo a escada, assustando tanto quem varria a casa quanto quem dormia sossegado no mesmo tapete – apesar de ter uma cama macia à disposição. Ele vasculhou as caixas de papelão que estavam nas prateleiras e sorriu quando encontrou o que procurava.

De volta ao quarto, uma cartolina usada em um trabalho escolar no início do ano seria útil para construir o corpo do telescópio que poderia não passar de uma luneta por não ser fácil diferenciá-los. De qualquer maneira, deveria servir para ver com mais nitidez o barco misterioso que o mantinha irrequieto desde a última madrugada. Se retornasse mesmo, e o instrumento para observá-lo funcionasse, o projeto teria êxito.

Cássio lembrava que um certo físico, matemático e astrônomo utilizou um objeto semelhante para observar o céu e descobrir, entre tantas coisas, as quatro maiores luas que orbitavam o planeta Júpiter (SILVA, 2022). Se, no lugar daquele equipamento rudimentar, o italiano tivesse acesso a um dos observatórios atuais, muito mais sofisticados e potentes, ficaria espantado ao verificar que a quantidade de satélites daquele astro era muito maior, sem mencionar galáxias distantes, nebulosas[2] e quasares[3].

Sem as pretensões dos cientistas modernos, no entanto, o aluno que sempre se interessou por matérias como história, ciências e geografia, mas que não tinha muitas dificuldades com nenhuma das outras, abriu a mochila e despejou boa parte do conteúdo na mesa que às vezes utilizava para estudar. Logo depois, pegou a cartolina guardada no fundo do guarda-roupa.

A tesoura com a figura de um famoso super-herói recortou o papel grosso e a fita adesiva o grudou não no formato convencional, já que as lentes não eram arredondadas. Assim que adaptou os objetos de vidro nas extremidades, o *telescópio* apontou para fora da janela igual a *Galileu* ou do modo como os canhões faziam nos navios na época do descobrimento do Brasil e também nos livros lidos especialmente nos últimos dois anos.

Parecendo-se bem mais com um pirata do que com o cientista que nasceu no ano de 1564, ainda que não usasse um tapa-olho, um gancho no lugar da mão e não possuísse um papagaio, mas um cachorro dorminhoco, o menino agora sorria por causa da sua simples criação. Seria bem difícil observar as luas galileanas batizadas com os nomes de *Io, Europa, Ganimedes* e *Calilsto* (MOURÃO, 1993, p. 40), quanto mais as descobertas muitos anos depois, mas *aquilo* possivelmente ajudaria a identificar detalhes do barco que o manteve acordado por horas.

O instrumento que distorcia as imagens bem mais do que as aumentava passou pelo balde que estava ao lado dos pescadores insistentes, já que o resultado poderia não ser suficiente para alimentar as suas famílias, mas quem o empunhava confiante não conseguiu ver os poucos peixes provavelmente se debatendo.

Cássio ergueu o telescópio improvisado e o mirou próximo à curva que o rio dos Sinos fazia antes de passar pela praia de Paquetá e que vinha da região leste do estado. As esperanças de avistar a embarcação misteriosa não eram grandes, já que ela poderia estar atracada em qualquer lugar ou nunca retornar a Canoas.

Foi possível notar apenas as árvores da margem oposta, e com certa dificuldade devido à falta de nitidez das lentes cujo uso era bem diverso. Depois de vasculhar as imediações com atenção, Cássio colocou o seu invento na gaveta utilizada para guardar o material escolar.

A noite demorou para chegar por causa da ansiedade excessiva. Depois de jantar e de escovar os dentes, o filho se despediu dos pais e se recolheu ao seu quarto. A janela foi aberta com cuidado para não criar problemas, então o instrumento nada poderoso passou pelo rio não tão imerso nas trevas quanto na madrugada passada. Se alguma coisa surgisse, provavelmente seria captada pelas lentes amadoras.

A lua ainda crescente não iluminava muita coisa, mas as estrelas conseguiam dar um pouco de brilho à noite escura por não ficarem mais escondidas atrás das nuvens, que se dissiparam durante a manhã ensolarada. Nada deveria escapar do olhar atento de quem desejava não apenas se tornar um cientista, mas um astronauta, um escritor e um famoso jogador de futebol.

O sono chegou e o menino, cujo braço já doía por ficar segurando estaticamente o telescópio, precisou fechar a janela. Pelo jeito, não adiantaria esperar por uma embarcação que nem deveria existir. De qualquer forma, a veneziana permaneceu aberta para o caso de luzes ou sons diferentes se repetirem.

Assim como na outra noite, Cássio demorou um pouco até adormecer, mas, enfim, foi superado pelo cansaço. Contudo, acordou por volta das três horas da madrugada com os latidos de diversos cães, inclusive os uivos de Toby. Sem pensar muito, ele pulou da cama e, um segundo depois, já vasculhava a gaveta em busca da engenhoca criada durante aquela tarde.

As lentes que basicamente funcionavam apenas se estivessem presas aos óculos foram direcionadas para a parte direita do rio, mas não havia nem mesmo a mancha escura da noite anterior. Deveria ser alarme falso, e os cães estavam latindo simplesmente porque era o que faziam de melhor.

A brisa mais fria que atravessava uma fresta entre a vidraça e a janela quase obrigou o observador solitário a retornar para a cama ainda quente, quando um ruído estranho chamou a sua atenção. Apontando o telescópio elementar para a esquerda, onde o rio dos Sinos desembocava no Jacuí, o cérebro custou até assimilar o que os olhos arregalados viam.

Completamente em silêncio, exceto pelo barulho que só aconteceu uma vez, uma embarcação navegava sem o uso aparente de um motor, assim como de remos. Havia apenas uma luz na proa[4], termo que Cássio só conseguiu diferenciar depois de entender a expressão *de vento em popa*[5].

A luz não muito forte que cortava a escuridão não servia para iluminar o interior de algo que parecia estar fora de contexto e até mesmo do tempo, mas ajudava a guiá-lo pela penumbra e evitar que atolasse em algum banco de areia ou se chocasse contra objetos que estivessem no caminho.

Depois do frenesi inicial, embora só naquele momento sentisse que estava arrepiado da cabeça aos pés, o menino que precisaria estar dormindo àquela hora da madrugada notou que as velas estavam içadas, sinal de que a embarcação aproveitava o vento para se locomover e, assim, permanecer no anonimato.

Não fosse o tamanho reduzido, Cássio estaria olhando para uma caravela como a que *Pedro Álvares Cabral* usava quando descobriu o Brasil há pouco mais de quinhentos anos. Ainda que completamente estupefato, ele conseguia perceber algumas diferenças em relação à que passava em frente à sua casa e as que viu em livros de história.

A embarcação prosseguiu na sua jornada talvez clandestina e, conduzida pelo vento que soprava com um pouco mais de ímpeto naquele instante, não demorou até desaparecer do campo de visão. O instrumento cuja lente dianteira logo se desprenderia, já que a fita adesiva utilizada estava se soltando aos poucos, passou rapidamente por toda a extensão do rio, mas tudo voltou ao normal.

O veículo de um morador que saía para trabalhar às quatro horas da madrugada passou pelo portão de casa, e era sinal de que o jovem deveria retornar à sua cama e tentar dormir mais um pouco para não bocejar tanto quanto no dia anterior – quando quase foi repreendido por um dos professores. Contudo, o cérebro que funcionava a pleno vapor dificilmente permitiria que os olhos se fechassem. Ele precisava descobrir o motivo de aquela caravela atemporal navegar sem atrair a atenção de ninguém – ou de praticamente ninguém.

O filho despertou num sobressalto depois de conseguir dormir por pouco mais de uma hora no momento em que a mãe o chamou para tomar café. Ao pular da cama, ele pegou o telescópio e o apontou para fora da janela, mas não havia nada de diferente do que via habitualmente. Apenas os barcos de pescadores flutuavam ao sabor das ondas frias, agora iluminados pelo sol forte.

Decidindo manter segredo a respeito da caravela enigmática, ao menos por enquanto, ele retornou da escola e repetiu as coisas que fazia rotineiramente. Depois de almoçar e de concluir os deveres, brincou por alguns minutos com o cãozinho que adorava pegar os chinelos de lã de Valquíria, escondê-los na caminha e cuidar como se fossem seus filhos.

Toby ficou choramingando enquanto via a bicicleta se afastar em alta velocidade, ainda que as patas atléticas tivessem condições de superá-la, isso se pudesse pular a cerca intransponível para quem media algo em torno de trinta centímetros de altura. Percebendo enfim que não poderia sair, a alternativa encontrada foi se acomodar na grama verde e se preparar para mais um dos muitos cochilos diários.

Cássio andou até onde as pernas conseguiram pedalar, apesar de saber que precisaria de mais força do que a empregada até o momento para voltar para casa. Antes, porém, desejava margear o rio e ir ao lugar mais próximo de onde a mancha escura pareceu dobrar há duas noites. Parando debaixo da sombra de uma árvore, dois fatos foram finalmente relacionados.

Talvez ele tivesse mesmo visto alguma coisa na escuridão da outra madrugada, quando o facho de luz poderia estar voltado para a proa, então não ficava visível da janela do quarto. Era possível que a caravela tivesse passado outras vezes pelo rio dos Sinos e pelo Jacuí, mas ninguém a notava por estar dormindo.

Em meio a tantos pensamentos conflitantes, alguns em especial o deixavam inquieto. De onde viria aquela embarcação? Para onde estaria indo? Quem fazia parte da tripulação? Quais os seus objetivos? A solução para aquele turbilhão de dúvidas e incertezas estava além da imaginação, assim como da compreensão.

A bicicleta que permaneceu encostada na árvore por um bom tempo rumou novamente em direção à casa do seu dono. Sem chegar a nenhuma conclusão nos minutos que se seguiram, Cássio abriu o portão de casa e o barulho das dobradiças acordou quem mais dormia do que ficava acordado. O cãozinho que ganhou um novo lar há vários meses saltou assim que o viu e quase o derrubou sobre os canteiros de flores cuidadosamente arrumados por Valquíria.

– *Bah*, Toby, tenha calma! – o menino pediu ao encostar a bicicleta na cerca e acariciar a cabeça de quem só faltava sorrir de tanta felicidade. – Eu nunca vou te abandonar como *eles* fizeram.

O vira-lata que valia mais do que o seu peso em ouro, ao menos para os moradores daquela casa, ganhou finalmente a atenção que merecia, ou implorava, depois acompanhou o recém-chegado até onde a bicicleta seria guardada. Em seguida, subiu a escada como se previsse o que aconteceria. Mais tranquilo, desabou sobre o tapete e não demoraria para cochilar outra vez.

Na falta de um computador para pesquisar dados a respeito de caravelas, e não desejando pedir emprestado o celular da mãe, Cássio se ajoelhou no chão da sala e folheou os livros até encontrar o que procurava. Confirmando que as naus[6] *Santa Maria*, *Pinta* e *Niña* eram realmente parecidas com a que viu, ele se sentou no sofá e tentou imaginar como poderia desvendar aquele mistério.

Cap. 4 – A caravela de Paquetá

Chegou a noite e, com ela, a caravela de Paquetá. O dono do telescópio feito em casa nem se deitou, já que a aguardava impacientemente. Vindo possivelmente do *Delta*[7] *do Jacuí*, a luz agora mais forte circundou as águas tranquilas do rio dos Sinos como se buscasse por alguma coisa. A sua velocidade era baixa demais para quem estava simplesmente se deslocando de um lugar para outro.

Ligada, a lâmpada do quarto pareceu chamar a atenção de quem deveria ser o comandante da embarcação. O feixe mudou de trajetória, sendo direcionado para a casa de dois andares que não ficava muito longe da praia. Mesmo sem ser possível ver o rosto, uma vez que a luz quase o cegava, Cássio conseguia distinguir um vulto robusto na escuridão.

Apesar de tremer, o que dificultava a visão através do telescópio improvisado, o menino continuou olhando para quem certamente o observava, então decidiu acenar. A resposta vinda do meio do rio foi imediata, quando o primeiro contato foi estabelecido.

Mesmo correndo o risco de ser severamente advertido pelos pais, que poderiam acordar a qualquer momento, o filho não esperou para tomar uma decisão. Como havia uma árvore nas proximidades da janela, ele se esgueirou perigosamente até alcançá-la. Se obtivesse sucesso, nem mesmo Toby perceberia a fuga.

Depois de quase quebrar um dos galhos da figueira, quando possivelmente fraturaria alguns ossos na queda, o menino pulou na grama, que inibiu o barulho feito pelos pés descalços. Agora ele só precisava abrir o portão com cuidado para não atrair a atenção de ninguém, ainda que não fosse fácil evitar o ranger das dobradiças.

O gato preto que subia nos telhados todas as noites para possivelmente refletir, ou então contemplar as ondas do rio, a lua e as estrelas, acompanhou os passos furtivos com atenção e curiosidade. Sem sair do que deveria ser o seu ponto de observação cativo, o felino apenas agitou de leve a cauda grossa. Os olhos verdes brilhantes não se desprenderam de quem tentava ao máximo não fazer barulho e, por isso mesmo, dispensou os chinelos.

Apesar de toda a apreensão, para não dizer pavor, Cássio se aproximou do rio, mas precisou andar cerca de trinta metros para o lado para enxergar melhor a embarcação enigmática. Sem saber o que fazer, ele apenas acompanhou o facho de luz, que se desviava da água para iluminar o seu rosto mais uma vez.

De onde estava, o estudante da sétima série conseguia avistar boa parte de Porto Alegre. Ele já esteve algumas vezes na capital, quase sempre com os pais, além de outras duas na companhia de parentes que os visitavam nos finais de semana. Entretanto, os olhos castanhos não se desviariam do recém-chegado por nada, nem por causa da bela visão que as luzes noturnas ao longe proporcionavam.

Um pequeno barco de madeira desceu ao rio com o uso de algumas cordas, então dois dos tripulantes o adentraram. Apenas um deles remava na escuridão quase completa, já que o outro dava ordens para direcioná-lo ao melhor local para atracar. A lanterna utilizada por quem estava escorado na amurada da embarcação principal continuava voltada para o menino perplexo – e bem mais amedrontado do que antes.

Quem não remava, parecendo ser o capitão, aproveitava a luz fornecida pelo colega embarcado para olhar para Cássio através de uma luneta. Aquele instrumento, apesar de praticamente não ficar visível, deveria ser industrializado, não elaborado com cartolina escolar e lentes de óculos que o pai não usava mais.

A canoa enfim ancorou na beira do rio onde havia uma pequena faixa de areia. Segundos depois, um homem alto e forte que, pelas roupas que vestia, e pelo quepe que usava, até parecia estar indo ou voltando de um baile à fantasia, ergueu-se e saltou como se tivesse a intenção de tomar para si a posse de terras sem dono. A situação trouxe *Cabral* de volta à memória de quem gostava muito de estudar.

O menino recuou um passo, mas não demonstrou que fugiria e se esconderia no seu quarto, talvez até debaixo da cama. Ainda assim, o seu nervosismo poderia ser sentido de longe. Mesmo que as pernas e os braços tremessem, a curiosidade não o afastaria do local, a menos que sentisse estar em perigo.

– Quem és tu? – perguntou uma voz engasgada.

– Eu sou William, o capitão da caravela – respondeu o homenzarrão ao estender a mão forte em direção a quem estava visivelmente apreensivo. – E você?

– O meu nome é Cássio. O que estão fazendo aqui?

– Estamos perdidos e precisamos de ajuda. Não sabemos que lugar é este.

– Estamos em Canoas, no Rio Grande do Sul – o menino respondeu como se aquilo deveria ser óbvio para todos os navegadores. – Este é o rio dos Sinos e, aquele ali, o Jacuí.

– Só pode ter sido a tempestade forte que pegamos há três noites – o capitão falou olhando para a caravela com o auxílio da luneta, depois murmurou para si mesmo enquanto coçava a cabeça por baixo do quepe: – Não entendo como viemos parar aqui.

– Onde pretendem ir?

– Queremos voltar ao mar. Você sabe para qual lado fica? Nós já andamos por tudo, mas não o encontramos.

Agora era a vez de Cássio coçar a cabeça, já que não conhecia tão bem a região, muito menos o mar. Houve uma oportunidade em que a família quase passou alguns meses na cidade de Tramandaí, quando o pai faria alguns serviços de pedreiro, mas acabou conseguindo um emprego melhor na região metropolitana.

O aluno que adorava geografia ficou em dúvida em relação ao que responder, especialmente porque só sabia o caminho de volta na teoria. Se desse informações equivocadas, William poderia tomar outro rumo e acabar mais perdido do que já estava. Sem saber se o rio dos Sinos era navegável até a nascente, Cássio pensou que aquele homem forte poderia chegar próximo à sua cidade natal, que ficava ainda mais longe em relação ao oceano Atlântico.

– Essa caravela consegue enfrentar ondas altas? – ele perguntou enquanto usava o telescópio para observar a embarcação aparentemente frágil, ainda que a escuridão não permitisse ver com exatidão.

– Se consegue? Claro que sim! – o capitão respondeu orgulhoso ao observá-la com a luneta profissional. – Ela é muito forte, já passou por muitas tempestades em alto-mar.

Com olhar de desconfiança, embora não tivesse parâmetros para duvidar do que deveria ser mesmo verdade, o menino que poderia estar encrencado com os pais por sair de madrugada voltou a pensar em uma maneira de ajudar. Porém, aparentava ter esquecido as tantas recomendações que ouvia ao sair de casa.

– Tu não tens um GPS? – Cássio se lembrou do veículo pertencente ao pai de um dos colegas de aula.

– O que é GPS?

– É um sistema de navegação. É como se fosse um mapa, mas eletrônico.

– Não faço a menor ideia do que seja, mas tenho alguns mapas na caravela.

– Acho que precisa virar pro outro lado, seguir pelo Guaíba e pela lagoa dos Patos. Existe uma saída para o mar em Rio Grande.

– Nós não estamos em Rio Grande? Você falou que aqui é o Rio Grande do Sul.

– Sim, mas eu me refiro à cidade de Rio Grande – Cássio respondeu sorrindo pela primeira vez por achar engraçada a confusão feita pelo comandante da caravela.

– Bem que você poderia nos mostrar o caminho, o que acha?

– Não! Eu nunca fui lá. Além do mais, tenho medo de entrar na água.

– Medo? A caravela é muito segura, não se preocupe.

– Mesmo assim, eu não posso. Os meus pais ficariam furiosos se descobrissem.

– Eles nem vão perceber a sua falta – William respondeu com convicção. – Nós vamos até lá, olhamos onde é a saída e depois o trazemos de volta.

Cássio pensou por um minuto, quando ponderou todos os prós e os contras. Se os pais soubessem que o filho saiu de casa à noite, pulou a janela, conversou com um estranho, embarcou em uma caravela – e ele sempre teve receio de navegar, já estaria em apuros. Para completar, viajaria várias centenas de quilômetros para, enfim, voltar a Canoas.

– Tu prometes que me traz de volta? – os olhos brilhavam por causa da vontade de viver aquela aventura fantástica.

– Claro que sim! Vamos?

Como resposta, Cássio estendeu a mão em direção à que apontava para a canoa, que agora retornaria à caravela com um terceiro tripulante. Os momentos iniciais foram amedrontadores, mas ele logo se acostumaria com o balanço quase nauseante. Porém, levaria mais tempo até vencer o pavor.

A viagem que durou dois ou três minutos possibilitou que o menino avistasse a praia de Paquetá por um novo ângulo. Havia lâmpadas ligadas em várias casas, inclusive naquela onde residia um aluno que frequentava a mesma escola, mas ninguém deveria estar acordado tão tarde. Também era possível contemplar a capital gaúcha, cujas luzes refletiam nas águas quase paradas como se aquilo fosse um espelho imenso.

– Seja bem-vindo a bordo, marujo! – o capitão brincou com o novo membro da tripulação ao auxiliá-lo a subir na caravela.

– Obrigado.

– Então devemos ir para lá? – quem possuía uma luneta de verdade perguntou ao apontar o dedo na direção contrária à que estava velejando até se deparar com o dono do telescópio feito em casa.

– Acho que sim...

A caravela que não tinha iluminação própria, só algumas lanternas precárias demais para navegar às escuras, fez uma curva lenta no rio dos Sinos, retornou ao Jacuí e rumou para o sul. Em seguida, passou por uma ilha, mas não era fácil identificá-la apenas com o brilho suave das estrelas. Se fosse fase de lua cheia, as coisas seriam bem diferentes – e provavelmente mais tranquilas e belas.

Algum tempo mais tarde, foi novamente possível avistar as milhares de luzes das casas e edifícios próximos à margem. A caravela que logo alcançaria a ponte móvel do Guaíba passou antes por baixo da que foi construída recentemente. Cássio observou com interesse o *Cais do Porto*, no qual navios cargueiros ancoravam para embarcar e desembarcar mercadorias. Um deles estava atracado, mas tanto o nome quanto o idioma usado para escrevê-lo no casco eram indecifráveis.

Ele teve a impressão de reconhecer o Mercado Público, local onde tanto desejava comprar salmão, mas era difícil dizer se o que via era mesmo o prédio inaugurado em 03 de outubro de 1869 (Mercado Público de Porto Alegre, 2024). No entanto, foi mais fácil reconhecer a *Usina do Gasômetro*, alguns minutos depois. Inaugurada em 11 de novembro de 1928, a edificação foi projetada para gerar energia elétrica à base de carvão mineral (IPHAE, 2024). A *ilha da Pintada* deveria ficar à sua direita, mas a penumbra o impedia de ter certeza.

Os edifícios de Porto Alegre foram aos poucos se transformando em casas e, as casas, em esparsos pontos de luz. Isso significava que os navegadores já estavam saindo do Guaíba, cuja classificação ainda confundia muita gente. Aquela água toda seria um rio ou um lago? O aluno bom em geografia era mais um dos que não sabiam a definição correta.

Cássio finalmente tirou um tempo para observar a embarcação na qual viajava, mas teve dificuldades para identificar as diversas partes. O convés[8] deveria ser onde estavam os seus pés descalços e agora mais frios. Abaixo, certamente ficavam os aposentos dos marinheiros, a cozinha e a despensa na qual, nos livros que leu e nos filmes que viu, ratos corriam desesperados de um lado para o outro em busca de comida enquanto fugiam das vassouradas mortais.

As velas eram imponentes e justificavam a velocidade da caravela. Todas estavam inteiras, diferentemente das utilizadas pelos barcos piratas das tantas histórias que passavam pela cabeça do menino absolutamente maravilhado com tudo. O fato de não haver uma bandeirola com uma caveira e dois ossos cruzados no alto do mastro[9] principal o deixava bastante aliviado, ou as coisas poderiam se complicar bastante.

Outra coisa que despertou o interesse em quem prestava atenção em tudo foi a tripulação. Os poucos homens que serviam ao capitão quase não falavam ou se movimentavam, exceto aquele que cuidava das velas. Deveria haver outros debaixo do convés, mas o barulho do vento e das ondas batendo contra o casco não permitia que escutasse as suas vozes.

Por outro lado, a madeira parecia estar em boas condições. Havia muitos detalhes esculpidos tanto em alto quanto em baixo relevo na maior parte das peças que compunham a caravela que parecia ter saído de um sonho – ou de um devaneio, não da realidade.

Nem o marinheiro de primeira viagem e tampouco o tarimbado perceberam quando chegaram à lagoa dos Patos. Entretanto, logo desconfiariam em que local estavam, já que a largura era bem maior. Não dava para ver as margens em certos lugares, especialmente por ainda ser de madrugada. Talvez, se velejassem durante o dia, conseguissem curtir bem mais a paisagem que, literalmente, deveria ser de tirar o fôlego.

O tempo passou e o menino que fugiu de casa para observar mais de perto a caravela de Paquetá não tinha mais medo de velejar. Porém, o temor quanto ao horário ainda o perseguia igual aos piratas em relação aos navios repletos de moedas de ouro. A embarcação logo alcançaria as barreiras de pedra que auxiliavam na navegação em direção ao mar? Haveria tempo suficiente para o capitão levá-lo de volta antes que amanhecesse?

Depois de algumas poucas luzes pipocarem às margens da lagoa dos Patos, eles avistaram o que, segundo Cássio, deveria ser Rio Grande. Assim, a cidade de São José do Norte deveria ficar no lado esquerdo. William, que já conseguia distinguir o que era cidade e o que era estado, guiava esperançoso a embarcação que o acompanhava há um tempo que talvez não pudesse ser medido em anos e em décadas.

O marinheiro que estava no alto do posto de observação finalmente avistou o farol construído no final dos molhes[10], e aquele já era conhecido pela tripulação. Por serem fortes demais, as ondas de algumas noites atrás fizeram com que entrassem por engano no canal e acabassem perdidos no *Delta do Jacuí*.

Em seguida, o comandante chamou quem há muito tempo estava escorado na proteção de madeira que impedia que tripulantes desastrados ou distraídos caíssem na água. Saindo de um estado de êxtase, apesar de toda a preocupação com o horário da volta, e até mesmo sem saber se o acordo seria cumprido, o menino se virou para aquele lado.

Um calafrio foi sentido por quem vestia bermuda e camiseta sem mangas, roupas inadequadas para a baixa temperatura da noite agora bem mais fria. Ao se lembrar das histórias de piratas, Cássio temeu que fosse obrigado a andar vendado sobre uma prancha similar a um trampolim de piscina, já que poderia não ser mais útil a partir daquele momento. Se uma espada com ponta afiada tocasse as suas costas, ele seria imediata e impiedosamente jogado aos tubarões famintos.

– Faça as honras, marujo! – William falou sorrindo com o seu vozeirão quase ensurdecedor, mas cujo gesto e palavras eram tranquilizadores.

– O quê?

– Agora é você quem está no controle! Assuma o *timão*[11] para voltarmos para a sua casa.

– Uau! Vou mesmo pilotar a caravela?

– Por tudo o que você nos auxiliou, é o mínimo que posso fazer para retribuir.

Quase sem acreditar, mas com um sorriso que exibiu muito pouco na última hora, Cássio avançou em direção àquela roda estranha e engraçada, que tinha diversos pinos de madeira para facilitar as manobras. Ele ficou mais feliz ainda quando recebeu o quepe, o que o fez se sentir um capitão de verdade.

O movimento brusco por causa da falta de prática e pelo excesso de empolgação quase atirou na água o marinheiro que manipulava uma das velas, mas quem jamais velejou até aquele instante, e muito menos se imaginou assumindo o comando de qualquer embarcação, não demorou para se ambientar.

Uma última olhada para trás, mas não era fácil diferenciar a lagoa e o mar, local que Cássio tanto desejava conhecer. Ele se lembrou das famosas vagonetas dos *Molhes da Barra* e do farol lá perto vistos nos vídeos da internet. Porém, desconhecia a localização exata, e continuava bastante escuro para observá-los daquele ponto.

Quem sabe um dia, quando o menino provavelmente já seria um homem, retornaria para ver de perto – e durante o dia – as belezas naturais que o estado do Rio Grande do Sul tinha a oferecer. Praias intactas de água doce, ilhas grandes e pequenas, faróis, fauna e flora espetaculares. Ele andaria sobre os trilhos de ferro que talvez tocassem de leve as águas geladas e salgadas do oceano Atlântico e poderia finalmente pescar com o pai.

Antes de sair naquela viagem jamais imaginada, o mar não passava de uma simples linha preta desenhada nas páginas dos livros escolares. No entanto, o litoral agora tão próximo deveria ser muito mais bonito. As ondas cristalinas possivelmente extrairiam lágrimas dos olhos que voltavam a contemplar a paisagem não mais tão escura através do telescópio. A areia macia deveria ser deliciosa para pisar descalço e, se fosse habilidoso o suficiente, construiria castelos como viu nos filmes.

Cap. 5 – Os sete mares

A caravela guiada pelo capitão novato passou outra vez ao lado da cidade de Rio Grande e a enorme quantidade de luzes ligadas nos prédios e nas casas o deixou ainda mais agoniado. Dificilmente haveria tempo para chegar em casa antes que os pais acordassem, e as consequências disso eram imprevisíveis. O vento que soprava do mar contribuiu bastante para aumentar a velocidade, mas talvez nem mesmo a mais veloz das lanchas chegasse no horário.

Olhando para o leste, Cássio percebeu que o sol logo nasceria e foi naquele momento que finalmente contemplou o primeiro farol da sua vida. Aquele tipo de construção sempre o atraiu provavelmente por causa da poesia que continha, apesar da solidão que os empregados responsáveis pelo seu funcionamento precisavam enfrentar quando ainda funcionavam com óleos como o da baleia.

– Olha o *farol de Itapuã* ali, à direita – ele chamou a atenção do capitão, que observava a margem oposta com o uso da luneta.

– A estibordo[12], você quer dizer.

– O quê?

– O lado direito de uma embarcação se chama estibordo.

– *Bah*, eu nunca soube direito a diferença. Então bombordo[13] fica à esquerda?

– Isso mesmo, comandante.

– Popa, proa, bombordo, estibordo... os termos náuticos são confusos – Cássio comentou sorrindo enquanto tentava memorizar o que acabava de aprender.

– Tem ainda a quilha[14], o costado[15], etc...

O novo capitão bem que tentou perguntar qual o significado das palavras desconhecidas, mas William parecia preocupado demais com os bancos de areia que colocavam em risco qualquer embarcação com aquelas dimensões, inclusive as menores.

– Acho melhor devolver o controle, aqui parece bem perigoso – o navegador novato falou ao experiente assim que a largura da faixa de água reduziu consideravelmente. – Como eu me saí?

– Você pilotou muito bem! Até parece que você já navegou pelos *sete mares*.

– E tu, já navegastes pelos *sete mares*? – Cássio perguntou enquanto se lembrava da antiga expressão e, ao mesmo tempo, devolvia o quepe ao verdadeiro dono.

– Pelos sete e até mais do que sete! – o capitão brincou ao recordar algumas das suas peripécias em volta do globo.

– Uau! Deve haver muitos piratas no mar.

William olhou para Cássio e outra vez não teve dificuldade para perceber o fascínio que aquela viagem estava proporcionando. Embora jamais tivesse se deparado com os famosos e perigosos vilões dos oceanos, ele contou uma história na qual foi perseguido por um navio pirata. Mesmo sem conhecer muitos mapas, o menino conseguia vislumbrar com alguma exatidão as aventuras relatadas por quem agora reduzia um pouco a velocidade para passar por baixo da ponte do Guaíba, ainda que as velas não a alcançassem por não serem muito altas.

– Os piratas não dispararam os canhões contra a caravela?

– Dispararam, sim, mas felizmente não nos acertaram – respondeu quem tinha vontade de rir da história que até poderia ser verdade, mas era apenas uma brincadeira. – O vento ajudou, então conseguimos despistá-los.

– E os tesouros? Acho que existem muitos baús de ouro escondidos nas ilhas desertas.

– Nunca encontrei nenhum, mas acho que sei onde posso conseguir um mapa confiável.

– Uau! Essas coisas dariam um bom livro!

– Por que você não escreve um?

– Eu já pensei várias vezes. Um dia, quem sabe...

– Eu seria o primeiro a comprar, mas você precisaria autografá-lo para mim, lógico!

Mais relaxado um pouco ao se imaginar concedendo autógrafos nas feiras do livro de Canoas e de Porto Alegre, apesar de o tempo estar se esgotando, Cássio reconheceu a divisão do rio dos Sinos com o Jacuí. Agora faltava pouco para atracar na praia de Paquetá, atravessar correndo a *estrada da Prainha* e entrar em casa – sempre torcendo para não ser descoberto por ninguém.

O sol estava quase nascendo em um horizonte formado por muitas árvores verdes, em cujas copas as aves da região faziam ninhos, voavam e cantavam, e já era possível observar o brilho forte da estrela formada há quase 5 bilhões de anos (MOURÃO, 1993, p. 28).

– Eu gostaria de agradecer pela sua ajuda, Cássio – William falou assim que fez um sinal para um dos marinheiros jogar a âncora na água e para outros dois descerem a canoa. – Nem sei o que faríamos sem você.

– Eu que agradeço pela aventura. Além de nunca ter passado por aqueles lugares, acho que perdi o medo de entrar no rio.

– Sinto-me feliz por ter contribuído para isso – o capitão falou quando ambos estavam dentro da canoa. – Qual é mesmo a sua casa?

– Aquela ali – quem já poderia ser considerado um ex-marinheiro apontou com o dedo e depois com próprio telescópio, quando aproveitou para ver se estava tudo bem.

O capitão da caravela pegou a luneta guardada no bolso enquanto um marinheiro remava em direção à margem com facilidade por estar a favor das ondas. Apontando-a para a construção, foi possível perceber que a única luz ligada era a do quarto de Cássio.

– Tome! – William falou ao entregar a luneta. – É um presente!

– Um presente? Ora, não precisa.

– Claro que precisa! Você não vai enxergar muito longe usando essa *coisa* – ele falou rindo ao apontar para o invento rudimentar. – A luneta tem alcance e precisão ótimos.

Apesar de rir sem disfarçar, o capitão também foi criança um dia e precisou improvisar muitas coisas porque os pais não tinham condições de comprar. Sem construir um telescópio, ainda que pudesse ter sido útil para quem morava quase em frente ao oceano Índico, o filho de um estivador criou diversos brinquedos, mas os preferidos eram os barcos feitos com galhos de palmeiras. As velas vinham dos panos que a mãe utilizava para remendar roupas.

– Aliás, – William continuou: – você poderia me dar o seu telescópio. Assim, vou ter uma coisa a mais para recordar esta viagem fascinante.

– Pode ser, mas não vai servir pra muita coisa.

– Sem problemas, eu tenho outras duas lunetas na caravela.

Os novos amigos se despediram com um forte aperto de mãos, que doeu bem mais no estudante do que no capitão. Ambos sorriram e se afastaram levando os objetos que agora lhes pertenciam. Enquanto um ficaria em terra firme por muito tempo, o outro se aventuraria provavelmente por águas desconhecidas e que talvez nem constassem nos mapas.

O barco a remo já havia deixado a margem quando Cássio correu de volta para casa, porém, sem passar totalmente despercebido. Além do gato preto, que adorava ficar em cima dos telhados durante madrugadas inteiras, Toby notou a sua aproximação. Como se fizesse parte daquele conluio, o cãozinho não latiu e nem pulou, como fazia sempre. Apenas balançou a cauda, como sempre fazia.

Colocando a luneta no bolso da bermuda, o menino teve bem mais dificuldade para subir pela árvore do que ao descer. Ainda assim, alcançou a janela do quarto a tempo de não ser visto pelo motorista do ônibus que fazia rotineiramente o trajeto do bairro ao centro da cidade – e diversas vezes por dia. Escorando-se novamente na janela, ele utilizou a luneta recebida de presente para observar a caravela quase sumindo no horizonte formado por água e árvores. Ao fundo, a capital gaúcha acordava à medida que as luzes dos edifícios perdiam luminosidade.

Parecia que William não tinha tanta pressa em retornar ao mar, ou aos *sete mares*, como gostava de falar, já que não desenvolvia a mesma velocidade da volta da lagoa dos Patos. Só então o menino lembrou que não viu nenhuma das aves que davam nome ao lugar, o que o deixou intrigado. Será que patos realmente nadavam naquelas águas às vezes doces, outras vezes salgadas?

O velho capitão e o marinheiro de primeira viagem sorriram ao mesmo tempo quando se olharam através das lentes pela última vez. Depois de acenar de longe, ambos largaram os instrumentos. Um dia talvez até se reencontrassem, talvez até na feira do livro de Canoas, mas agora cada um tinha coisas muito importantes a fazer. Enquanto o mais velho pilotava em direção ao rio, ou ao lago Guaíba e, na sequência, ao oceano Atlântico e ao mundo, o mais jovem fechava a janela com cuidado.

Mesmo que a aventura inacreditável tivesse acabado, havia muita história para contar. O primeiro livro enfim não seria mais um sonho, quando aquela viagem poderia ser narrada como se fosse fantasiosa – até porque seria difícil algum leitor acreditar na sua veracidade. Ninguém desconfiaria de nada, já que não faltava criatividade para quem lia livros sempre que podia.

Cássio guardou a luneta na mesma gaveta onde deixava o telescópio que agora pertencia a William. Ele se deitou rapidamente para fazer de conta que dormiu durante a noite toda, encobrindo o fato de ter atravessado praticamente a metade do estado do Rio Grande do Sul e navegado em uma caravela que poderia nem pertencer à atualidade ou à realidade. Completamente exausto, o sono chegou rapidamente.

O tempo passou e o menino acordou assustado porque a sua mãe não o chamou para ir à escola, como fazia habitualmente. A casa estava completamente em silêncio, assim como a vizinhança. Apenas os cães latiam e os pássaros cantavam. Ao contrário do que sempre acontecia, foi Cássio quem bateu na porta do quarto dos pais.

– O que aconteceu, filho? – Jaime perguntou sem esconder a voz de sono.

– Por que ainda estão dormindo? Tá quase na hora de ir à aula.

– Hoje é sábado, querido – Valquíria respondeu sem entender direito o que estava acontecendo.

– Sábado?

– Sim, sábado, pode voltar para a cama.

– Ebaaaaa! Até esqueci que hoje não tem aula!

Cássio retornou ao seu quarto e, antes de se deitar novamente, confirmou que havia mesmo uma luneta na gaveta. Sorrindo de satisfação ao encontrá-la, ele abriu uma fresta na janela e a usou para observar o rio mais uma vez. Não havia nenhuma caravela até onde as lentes permitiam ver, mas o que estava nas suas mãos o deixava certo de que tudo realmente aconteceu.

Ele a guardou de volta e, se não tivesse tanto sono, tentaria encontrar um motivo para justificar aos pais o fato de possuir aquele objeto antigo. No entanto, o cansaço não permitiu manter os olhos abertos por mais de meio minuto.

Depois de se levantar, por volta das dez horas da manhã, tomar um bom café para repor as energias gastas na viagem e brincar um pouco com Toby, que sempre o esperava alegremente, haveria tempo para iniciar uma história que, para muitos, pareceria fictícia.

Outra vez usando a luneta para observar a união do rio dos Sinos com o Jacuí, Cássio não precisou pensar muito até encontrar o título ideal para o primeiro de talvez muitos livros que escreveria.

A história só poderia se chamar *A caravela de Paquetá*.

Livros publicados

A mansão dos pesadelos
A tempestade interminável
Amor em Berlim
Amores incertos (*)
Contos de Amor e paixão
De volta ao começo
Duas taças de champanhe
Fragmentos de muitas paixões
O beijo do vampiro (*)
O doce mistério do silêncio
O mistério da máscara
O retorno à mansão dos pesadelos
O último pirata de Floripa (*)
Os amores de Giovana (*)
Reflexões em uma noite de luar
Se o destino permitir
Tributo ao melhor amigo
Um Trem na Madrugada (*)

(*) vide abaixo

Infantis/Infanto-juvenis

A caravela de Paquetá
Carlinhos e o mundo subterrâneo
Ensaio fotográfico de um poodle
O cãozinho branco e o gatinho preto
O relógio do vovô
Uma nova estrelinha no céu

Observação: os livros grafados com o sinal (*) estão disponíveis no formato impresso e podem ser adquiridos através do e-mail abaixo:
ladimir.escritor@gmail.com

Outros títulos poderão estar disponíveis em breve. Acompanhe as minhas redes sociais, inseridas no final do e-book.